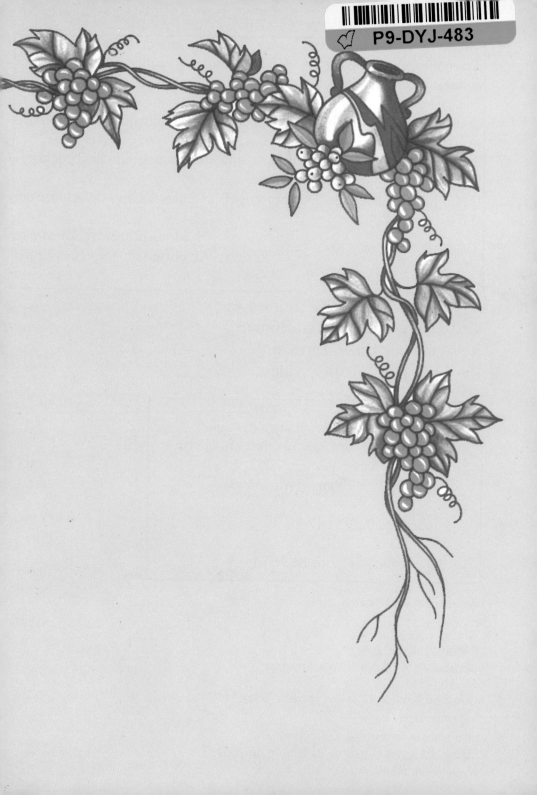

Monseñor Rubén Héctor Di Monte, por la gracia de Dios y de la Sede Apostólica, Arzobispado de Mercedes Luján, República Argentina, mediante el decrero arq. 28/02 autoriza la publicación del libro *"La vida de Jesús contada a los ni nos"*.

Considerando que el libro se ajusta en todo su contenido a las enseñanzas del Magisterio de la Iglesia.

Por las presentes letras aprobamos su edición, concediendo la licencia para su publicación. Puede imprimirse.

Dada en Mercedes, en la Sede Episcopal, a 16 días del mes de octubre del año del Señor 2002.

Mons. Rubén H. Di Monte
Arzobispo de Mercedes-Luján

Texto del grupo editorial Bonum
Revisado por Diego Fares sj.
Revisado por Luis Benavides

231.9   La vida de Jesús contada a los niños
        Úrsula Gremmelspacher [et. al] - 1º ed. -
        Buenos Aires: Bonum, 2002.
        96 p. ; 21 x 15 cm - (Álbumes)

        ISBN 950-507-647-9

        I. Título - 1. Vida de Jesús

Fotocromía: Work Station

© Copyright by
Editorial Bonum, 2002
Corrientes 6687 Buenos Aires Argentina
Telefax: 4554-1414
Queda hecho el depósito que previene la ley 11.723
Industria Argentina
Esta edición se terminó de imprimir en
Indugraf S.A., en el mes de diciembre de 2002.
www.indugraf.com.ar

La vida de Jesús contada a los niños

Bonum

Jesús era un niño como todos los demás pero, a la vez, muy especial; lleno de amor y sabiduría.

¿Es cierto que nació
en un establo?

Sí, es cierto.
María, la madre de Jesús,
y José, su marido, llegaron
a Belén y no encontraron lugar
en ninguna casa.
Había mucha gente en la ciudad
porque se estaba realizando
un censo y cada ciudadano
debía censarse en el lugar
de origen de su familia.
Nadie tenía ya albergue,
ni siquiera para una mujer
embarazada.

Lc. 2, 1-7

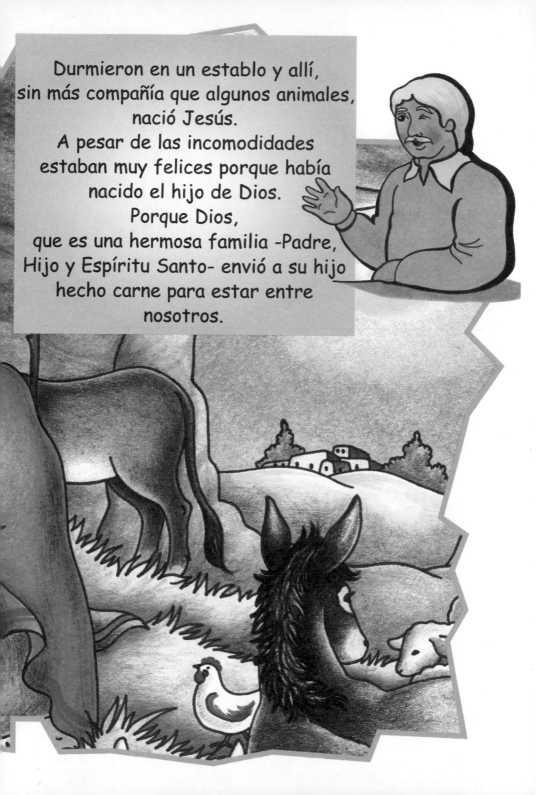

Durmieron en un establo y allí,
sin más compañía que algunos animales,
nació Jesús.
A pesar de las incomodidades
estaban muy felices porque había
nacido el hijo de Dios.
Porque Dios,
que es una hermosa familia -Padre,
Hijo y Espíritu Santo- envió a su hijo
hecho carne para estar entre
nosotros.

¿Cómo sabían que era
el hijo de Dios?

El ángel Gabriel fue enviado por Dios
a la casa de María, en Nazaret.
Cuando María lo vio se sobresaltó,
pero luego lo escuchó atentamente.
El ángel le dijo que Dios lo enviaba
para anunciarle que tendría un hijo,
el hijo de Dios,
y que debía llamarlo Jesús.
Jesús vendría a traer
el bien y el amor,
a vencer el pecado y la muerte.
Dios enviaba a su hijo como el Salvador.

¿Se habrá puesto
muy contenta?

Sí, estaba muy feliz
y a la vez muy confundida.
No entendía cómo podría
ella tener un hijo
si no estaba casada.
Entonces, se lo preguntó
al ángel y él le contestó algo
que la pondría más feliz aún:
le dijo que Dios obraría
un milagro en ella.

¡Un milagro!

Sí, Dios hace que todo sea posible.
También Isabel, una prima
mucho mayor que María,
tendría un hijo que sería muy
importante en la vida de Jesús:
Juan el Bautista.

Lc. 1, 5-25

José era un hombre justo y bueno, un carpintero muy querido en su pueblo.

¿También estaba feliz
con el nacimiento
de Jesús?

Al principio también estaba sorprendido, pues al igual que María, no entendía cómo podía suceder todo eso.

Pero luego el ángel se lo aclaró en sueños, ¿verdad?

Claro, y estaba muy orgulloso
porque el mismo Dios
le hizo saber que tenía
una misión especial:
ser el papá adoptivo de Jesús.

Un ángel les avisó
a unos pastores
que acampaban por allí
y ellos acudieron a conocer
al hijo de Dios.
Lo reconocieron y lo
alabaron.

No, María y José eran judíos.
Los judíos no celebran el bautismo,
pero tienen una ceremonia
que para ellos es muy especial.
A los ocho días de nacido,
a Jesús le realizaron la circuncisión,
como a todos los niños
de su pueblo.

Lc. 1, 5-25

Sí, María y José dieron gracias a Dios en el templo. Allí, el sacerdote más anciano, Simeón, reconoció a Jesús como el hijo de Dios, el Salvador.

¿Se quedaron a vivir allí,
en el templo?

Abuelo, ¿los Reyes Magos no estuvieron en el pesebre?

Sí, pero llegaron después.
Los reyes eran tres sabios que vivían
en Oriente y sabían leer
e interpretar los misterios del cielo
y de la tierra.
Una noche, mirando el cielo,
descubrieron una estrella luminosa y
supieron que anunciaba el nacimiento
de un gran Rey.

¿Y fueron a buscarlo?

Ellos le llevaron regalos, ¿no?

Sí, le ofrendaron oro, mirra e incienso.
Fue su modo de reconocerlo
como el Salvador.
María y José estaban muy felices
porque Dios los había elegido para
cuidar a su hijo.

Jesús creció siendo un niño muy amado
y cuidado por su Padre y por los hombres.
Era muy sensible a lo que pasaba
a su alrededor,
sabía observar
y sacar conclusiones acertadas
y llenas de sabiduría.
Hablaba de un modo muy particular.

Una vez papá me contó que Jesús cuando era niño se perdió.

Sí, a los doce años.
El pueblo judío celebra una fiesta
muy bonita e importante para la Pascua.
En ese entonces todos viajaban
a Jerusalem para esa ocasión
y así lo hicieron Jesús, María y José. Había mucha
pero mucha gente y, durante el viaje de regreso,
María pensó que Jesús
caminaba con José y José, por su lado, pensó que
regresaba con María.

Lc. 2, 41-50

Al atardecer, cuando la caravana
se detuvo, María y José descubrieron que Jesús no
venía con ninguno de ellos y con mucha preocupación
volvieron a Jerusalem a buscarlo. Jesús se había sen-
tado a conversar con los doctores de la ley, los
grandes maestros.
Ellos lo escuchaban asombrados por su sabiduría y su
conocimiento de Dios.

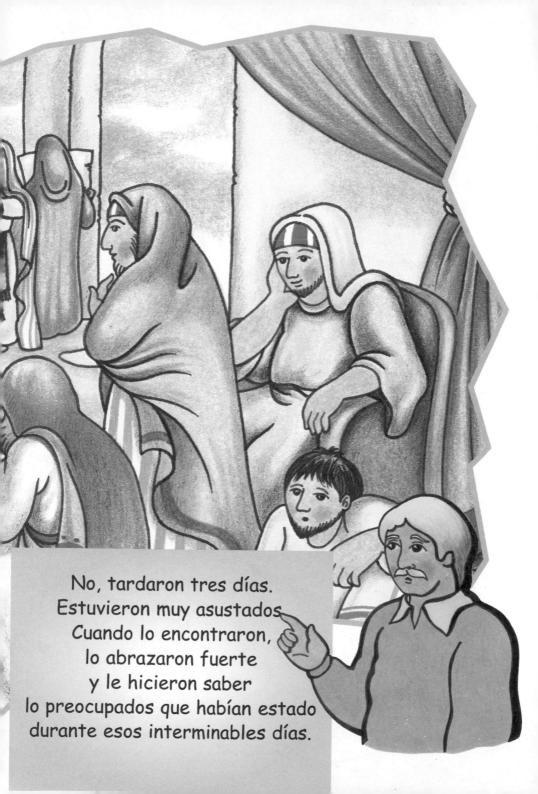

No, tardaron tres días.
Estuvieron muy asustados.
Cuando lo encontraron,
lo abrazaron fuerte
y le hicieron saber
lo preocupados que habían estado
durante esos interminables días.

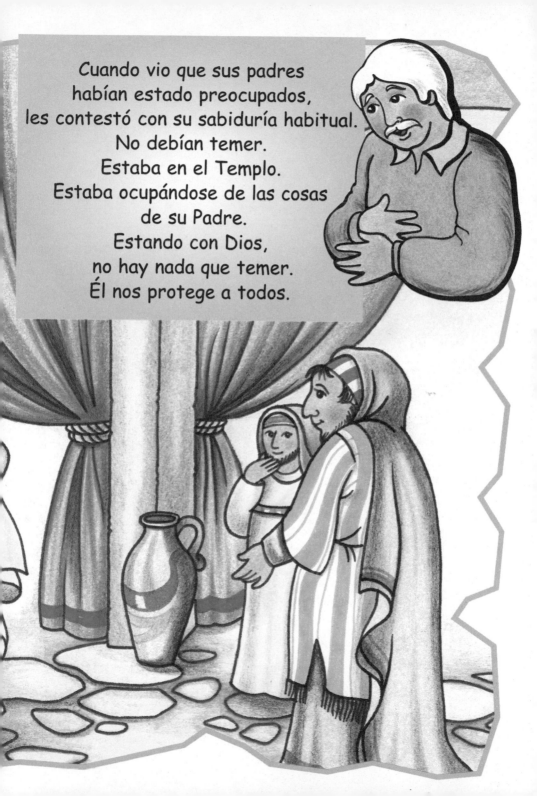

Cuando vio que sus padres
habían estado preocupados,
les contestó con su sabiduría habitual.
No debían temer.
Estaba en el Templo.
Estaba ocupándose de las cosas
de su Padre.
Estando con Dios,
no hay nada que temer.
Él nos protege a todos.

Jesús amaba mucho a su Padre
y debía cumplir entre los hombres la misión
encomendada por Él.

A medida que crecía, su sabiduría y capacidad de amar crecía en él.

A los treinta años,
Jesús comenzó a recorrer
los distintos pueblos
enseñando a través
de parábolas y discursos.

Sí, ése fue uno de los primeros discursos
públicos de Jesús. Allí anunció
que el Reino de los cielos está cerca. Propuso un nuevo
estilo de vida
fundado en el amor: dichosos los que tienen alma de
pobre, porque a ellos pertenece
el Reino de los cielos; felices los afligidos,
porque serán consolados;
felices los que tienen hambre y sed,
porque serán saciados...

Lc. 2, 41-50

¿Y los discípulos?

Los discípulos fueron un grupo de gente común.
Jesús eligió a doce hombres para que
lo ayudaran a hablar de Dios.
Sus nombres eran: Pedro, Santiago el mayor, Juan,
Andrés, Felipe, Santiago el menor, Bartolomé,
Mateo, Judas Tomás, Tadeo, Simón y Judas
Iscariote.

Mt. 9, 36-10,8

¿Jesús hacía milagros?

Sí, en nombre de su Padre,
Jesús curaba a los enfermos,
daba de comer a los hambrientos
y ayuda a los necesitados;
multiplicó panes y peces para alimentar
a una multitud,
caminó sobre las aguas.

Mt. 8. 16
Mc. 1, 16-20
Lc. 5. 12-14
Mt. 14. 13-21
Jn. 6. 16-21

Su amor era tan grande que hacía caminar a los inválidos, ver a los ciegos, revivir a los muertos.

Mt. 9. 1-8
Mc. 10. 46-52
Jn. 9. 1-12
Jn. 11. 1-44

Sus palabras y sus acciones
fueron explicando la bondad
del Reino de Dios.
Enseñó a sus seguidores
a amar a Dios
por encima de todas las cosas
y a los demás
como a sí mismo.

Claro, por ejemplo, en ocasión de la
boda de unos amigos fue invitado
junto a su madre a la celebración.
Había tantos invitados
que el vino no era suficiente.
María, que conocía la capacidad
de ayudar que su hijo tenía,
le sugirió que interviniera..
Jesús, siempre atento a los demás,
convirtió el agua en vino y la fiesta
tuvo todo lo que se necesitaba.

Jn. 2, 1-10

Sí, hubo gente muy vanidosa e incrédula,
que sintió que Jesús era una amenaza
para sus intereses. Fue entonces cuando decidieron
condenarlo a morir en la cruz,
que era un método común
para castigar a los criminales en aquella época.

¿Jesús estaba muy asustado?

Jesús estaba triste porque los hombres no habían comprendido el mensaje del inmenso amor de su Padre Dios. Pero era muy fuerte porque amaba a su Padre y confiaba en Él.

Antes de morir, Jesús reunió a sus amigos.
Compartió con ellos la celebración de la cena
Pascual: su última cena.
Les habló del amor de Dios y les prometió
que siempre iba a permanecer con ellos
y con todos los que creyeran en él,
en el pan y en el vino.

Mc. 14, 12-16; 22-26

¿Y luego de la cena?

Luego de la cena, Jesús fue con sus
discípulos hacia el Monte de los Olivos.
Mientras los discípulos dormían,
Jesús oró a su Padre con gran tristeza
pero sabiendo que debía recorrer
el camino de la cruz
y cumplir la voluntad de su Padre.

Mt. 26. 36-46

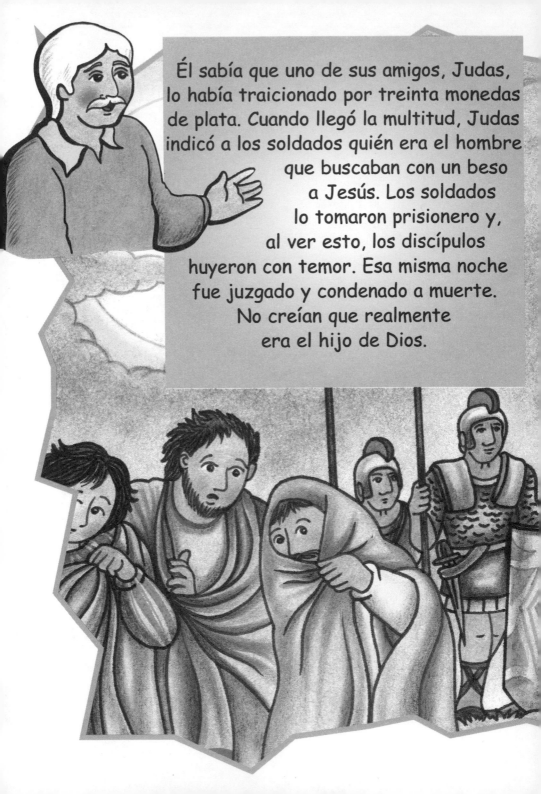

Él sabía que uno de sus amigos, Judas, lo había traicionado por treinta monedas de plata. Cuando llegó la multitud, Judas indicó a los soldados quién era el hombre que buscaban con un beso a Jesús. Los soldados lo tomaron prisionero y, al ver esto, los discípulos huyeron con temor. Esa misma noche fue juzgado y condenado a muerte. No creían que realmente era el hijo de Dios.

Jn. 18. 1-11

¿Quién era Pilato?

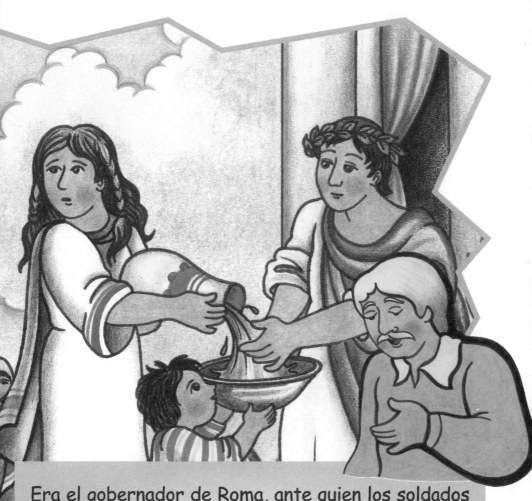

Era el gobernador de Roma, ante quien los soldados
llevaron a Jesús para que decidiera su suerte.
Él no era realmente partidario de matar a Jesús,
pero dejó que lo azotaran y humillaran.
Luego, se lavó las manos delante del pueblo
para mostrar que él no quería decidir
y les dijo que ellos mismos
eligieran entre Jesús o Barrabás,
un delicuente conocido por todos.

Mt. 27, 11-25

Cargando su propia cruz, hicieron caminar a Jesús
hasta el calvario. Sus enemigos
festejaban la pena de Jesús y se burlaban de él.
Lo vistieron con una capa roja
y lo coronaron con espinas.
María y los amigos de Jesús no podían contener las
lágrimas viendo cómo insultaban al hijo de Dios.

Lc. 23, 26-32

Sí, fue muy triste. En el monte Calvario
clavaron a Jesús en su cruz
entre las de dos ladrones.
Aun allí, en el dolor,
suplicó a Dios por el perdón
de los hombres,
que lo habían condenado porque
vivían equivocados.

Jn. 19, 17-30

Sí, luego de tres horas,
encomendó su Espíritu al Padre y murió.
En ese momento todo se oscureció.
Un amigo de Jesús, José de Arimatea,
bajó el cuerpo
y lo envolvió en un lienzo blanco.
Llevaron a Jesús a un sepulcro
excavado en la roca y taparon la entrada
con una pesada y gran piedra.

Mc. 15, 42-47
Jn. 19, 38-42

Mt. 28, 1-10

El domingo muy temprano, María Magdalena
junto a otras dos mujeres llevaron
perfumes a la sepultura para ungir el cuerpo.
Inmensa fue la sorpresa
cuando en lugar del cuerpo
encontraron un ángel con la noticia
de la resurrección.
El ángel les encomendó
anunciar a los discípulos
que Jesús había resucitado
de entre los muertos.

Los discípulos
recibieron el mensaje y,
llenos del Espíritu Santo,
no tuvieron temor de explicar
al mundo quién era el hijo de Dios
y cómo debemos vivir
los hombres según su mensaje.
Ese fue el comienzo
de nuestra Iglesia.